푸른
시인선
021

그림자 골목

정병호 시집

푸른시인선 021

그림자 골목

초판 1쇄 인쇄 · 2021년 3월 22일
초판 1쇄 발행 · 2021년 3월 30일

지은이 · 정병호
펴낸이 · 김화정
펴낸곳 · 푸른생각

편집 · 지순이 | 교정 · 김수란, 노현정 | 마케팅 · 한정규
등록 · 제2019-000161호
주소 · 서울시 마포구 토정로 222, 402호(신수동, 한국출판콘텐츠센터)
대표전화 · 031) 955-9111(2) | 팩시밀리 · 031) 955-9114
이메일 · prun21c@hanmail.net
홈페이지 · http://www.prun21c.com

ⓒ 정병호, 2021

ISBN 978-89-91918-91-7   03810
값 10,000원

그림자 골목

모감주나무의 열매로 염주를 만든다.

초여름에 펴야 할 꽃이 가을에 필 때도 있다.
기약 없이 꽃을 피우는 건
자기 내면의 상처를 치유하기 위한 과정이다.

내게 있어 시가 그렇다.
가을에 핀 모감주나무 꽃이다.

2021년 봄
정병호

| 차례 |

| 그림자 골목 |

| 차례 |

제2부

제3부

| 차례 |

제4부

제
1
부

모과

슬픔은
숨겨진 그림자의 어두운 얼굴

내 그리움은
간이역 주차장에 방치되어 있다.

젊은 날에
나를 감동케 한 페이지들은
다 어디로 흩어졌을까?

살기 위해 살고 있다는 말처럼
이 고독은
너무 참을 만해서 견디기 힘들다

스마일마스크를 쓰고

나는,
울고 있다

칼과 도마

칼이 도마 위에 잠들어 있다.

꿈속에서도 그가
서슬 퍼런 흉기라는 사실을
매혹적으로 속삭인다.
가장 큰 아픔은, 그가 칼이라는 사실을 잊고
순식간에 내리쳤을 때였다.
무엇이건 존재의 본질을 잃었을 때가
가장 위험하다.

제 상처 위에
그가 잠들었을 때 도마가 운다.
상처의 틈으로
울음을 참는 커다란 성대(聲帶)가 보인다.
상처와 고통의 양을 저울 위에 올려놓고
슬픔의 무게를 달고 있다.

슬픔은 상처 깊숙이 숨어서 산다

발을 내미는 방법이
낯선 짐승의 발톱을 닮았다.
까맣고 아득하여
울어도 눈물이 보이지 않는다
슬픔이 슬픔을 껴안고 있다

칼이, 죄 위에서
죽음처럼 잠들었을 때
도마는, 자기의 입(口)을
죽음처럼 장사 지내고 있다

입이 없는 모든 것들은
상처를 위해 존재한다.
도마는 입이 없다.

원추리

원추리는 '울컥' 하고 핀다.
모호함이란 게
사실은 '울컥'을 꿀꺽
쓴 약처럼 삼키는 일이다

일상은 항상
놓치면 바로 파삭 깨질 듯,
불안의 입자가 사방으로 결빙되어
마음속, 수많은 길로 누워 있다.

하루하루의 삶이
조심조심 긴장이 팽팽하다.
아침에 피었다가 저녁에 시들거나
저녁에 피었다가 아침에 시들며
봄날, 원추리가 지나간다.

'울컥' '울컥' 어머니를 닮아서

'울컥' '울컥' 어머니처럼 지나간다.

오래된 필름을 돌렸더니

풍경마다

소나기가 내렸다

배롱나무 풍경

배롱나무가 물끄러미
풍경의 뿌리를 들여다본다.
오래된 미련은 서글픔처럼 조용하다
가만히 자기를 들여다보면서
울고 있다.

상처다,
틈으로 피었다가
틈으로 지고 있다.
이제 마음속에 든 칼은 녹슬고,
무뎌지며

무례하지 않은 늦은 비가
결핍을 예감했을 때
가장 약한 신경, 가장 약한 근육이
일순 무너진 경계의 틈새로
스며들고 있다.

따뜻한 슬픔이
마음속 칼날을 시퍼렇게 세우고
파도처럼 돌아오고 있다
슬퍼도 가려운 귀,

푸른 댓잎 위로 떨어지는
비처럼,
우수수 목숨 지는 줄 알면서도
온몸을 바르르 떨며
몸과 마음의 경계를 지우고 있다

그늘 밖에서
자기 그림자를 보고 있다

진달래를 보다

마른하늘에 날벼락처럼

무너져버린 하늘 아래

산 자도 아닌

죽은 자의 부끄러움으로

진달래는 쓸쓸해서 피었다

돌아가신 아버지를 두고

편의점에서 컵라면을 먹는

배고픈 아이처럼

눈(眼)은

슬픔으로 충혈된 구멍,

눈물의 근원지가 어딘지 알 수가 없어

하나를 건드리면

그물처럼 연결된 슬픔의 핏줄들이

모두 윙윙 소리를 내며 울어대는

그런 슬픔

오랜 세월 동안
내 존재의 크기만큼 커져버려
다시, 집어넣을 일이 막막한
애써 살아야 하는 이유를 묻는
거기,

손톱

그리움도 그렇게
또각또각
잘라내고 싶다

손톱이나 그리움이나
다 내 것인데
잘라내는 아픔은
왜 이렇게 다를까?

손톱 위에 물든
봉숭아 빛은, 돌멩이에 짓이겨진
서러운 희망

슬프도록 그리운
내, 첫눈

또각또각

잘라내는 아픔으로

가슴 저리는

봉숭아 빛 손톱

개복숭아꽃

그녀의 남편은 겨우내 피똥(血便)을 쌌다. 큰 병원을 들락거렸지만, 차도가 없었다. 죽음처럼, 기저귀 틈새로 피똥이 삐져나와, 새로 기저귀를 채우고, 피똥 묻은 이불을 세탁기에 돌려놓고, 여기저기 묻은 피똥을 닦는 일로 그녀의 겨울이 갔다. 남편이 물에 젖은 그녀의 손을 잡아주며, 아이처럼 배시시 웃을 땐 하루라도 빨리 죽어주기를 하나님께 간절히 기도했다.

화장터 가는 길,
그의 피똥처럼 붉은
개복숭아꽃이
낮의 빛으로 어둠의 깊이를 재고 있다.*

어둠을 밟고 가는 모든 곳에서
저 스스로 빛이 되고 있었다.
딱딱한 슬픔은 부드러워지고
눈물로 닦아도

지워지지 않는 붉은 죄가
기억의 문을 열고
활짝 피었다.

세상이 눈부시게 밝아졌다.

* 니체의 말.

거미의 길

풍경을 길어 올려
길을 만들었다
굽은 길 속마다
촘촘히 박혀 있다.

홀로 남겨진 그림자를 길어 올려
딱!
내가 가는 것만큼의
흔들림.

모든 것이 무화(無化)되는 저세상을
꿈처럼 거닐다 내려온다.
낮 동안 오른쪽으로 힘껏 감은 태엽을
밤새 왼쪽으로 풀어내는 사이

나는,
항상 집중한다.

길이 깊어졌다.

점점 자인(自認)이 쉬워진다.

꿈은

독을 품은 자의 것이다

자화상

우연을 점(占)친다.

점(點)을 늘이면 선(線)이 되는
생(生)

필연은 우연을 가장해
자신이 있어야 할 자리로
정확하게 온다.

나는,
선 안에 갇힌 수많은 점에 실려
이곳까지 왔다.

시선과 길 사이에
마음이 있다.

나목(裸木)

내, 나무에서
그리움을
내려놓고 보면

가을 찬바람에
우수수 낙엽으로
모두 내려놓고 보면

결국
내게 남은 한 여자의
꿈.

한 여자가
종일토록
가을비에 젖고 있다

아버지의 길

아버지의 삶은
깃털처럼 가벼웠다.

골수까지
알코올로 씻어낸 가벼움.
아무 때고 나비처럼 훨훨
쉽게 떠나버릴 수 있는 삶,

겨울에도
흰색 고무신이다.
그 길을
시린 발로 걸어오셨다

다시 꽃 피는 계절은
이 길이 끝난 후에 온다는 사실.
삶이
깃털처럼 가벼워지면서

알게 되었다

나, 시린 발로 걷고 있다

두레박

깊은 우물 하나 있습니다.

그 밑바닥에 '무엇이' 떨어졌는가를 알기까지는
오래도록 기다려야만 했습니다.
아무도 그 길을
어떻게 내려왔는지 묻지 않았습니다.

차라리 절벽 끝에서
아득한 낭떠러지를 향해
몸을 던져야만 했었지요,
손톱을 세워 절벽을 긁으며
다시 올라와야만 하는 것을,

가장 밑바닥에서
더듬이를 잃었습니다.

더 깊이 내려가는 길이 있다면,

그 길을 찾을 수 있다면

나는,

더 깊이 내려가겠습니다.

벌써 두 계절이 지나갑니다.

색이 깃든 것들은 우울하지요

낙타처럼 걷는다

회색의 콘크리트 사막 위로
흔적 없이 걸어간다.
무소의 뿔처럼 간다.
완전한 행위는 흔적을 남기지 않는
무위의 걸음이다.

길 위에서, 늘 발바닥이 간지럽다.
한 발짝 움직여본 적은 없는 낙타의 발을 닮은
원형의 빨판 같은 발바닥으로
촉수의 개수만큼 거리를 간다.

그 길은,
온몸이 뻗어나가는 디딤돌일 뿐이다
한번 지나간 육신은 돌아오지 않고
아무도 가지 않았지만
모두가 길을 가고,
모두가 길을 열었다

낙타의 등은 굽었고 늙었다.

삶의 무게만큼 고스란히 굽었다.

수직의 벽에 굽은 등을 기댄

불면의 밤은 길고도 불편했다

길 없는 길에서

밤새워 뒤척였고

아침은 더디게 왔다

메마른 세상,

온몸으로 기어와서 세상의 질감에

온기를 불어넣는다

제 살을 거미줄처럼 풀어

회색의 사막 위에 초록의 융단을 까는

위대한 걸음.

사막 위로 낙타가 간다.

망초꽃

아버지는 종이호랑이였다
저녁 늦게 선술집을 휘돌아 돌아오는 날이면
어머니의 등 위에서 으르렁거리며 울부짖었다

식구들은 살기 위해 도망쳤다
열세 살 큰 누이가 뒷산으로 도망쳤는데
그 뒤 소식이 없다.

가죽 때문에 죽은 호랑이처럼,
아버지가 돌아가시자
우리 식구들은 대문 밖 높게 걸려 있는 아버지의 문패
를 뜯어냈다.

그 꽃은 그림자처럼 흔적이 없다.
어둠 속에서도 눈이 부신 환한 그 꽃그늘 아래
그림자 하나 울고 있다

심장

한겨울,
박태기나무를 바라보고 있다.

간음한 여자처럼
이름표를 달고 있다.

이름 없는 것들이
돌멩이를 던지고 있다.

햇볕도 차다.

오후만 있던 일요일

그림자의 배꼽이 보여요

길거리에 방치된 망가진 선풍기가

비를 맞고 있어요.

젖고 젖은 몸의 깊은 곳에서

메아리가 들려와요

낡고 오래된 느낌표가

눈시울에 걸려 잠 못 드는 밤,

두려움의 깊은 그림자가

자신을 날카롭게 찌르면서 깨어 있어요

아무도 앉으려고 하지 않는 낡은 의자에 앉아

남은 인생도

술병처럼 놓지 않을 포장마차 손님은

세상의 모든 거리에서 볼 수 있는

남자 중

하나일 뿐이에요

거의 모든 것들이
늙기 전에 낡아버리는,
하루는
마지막 작별처럼 슬프죠.

연탄재

볕도, 불도 아닌 것들이 항시 까불더라.
원래 뜨겁지 않은 것들이 차지도 못하지.

.

그 중간쯤도 아닌
나의 자화상

덫

나는,
깊은 바닷속에 잠들어 있던
고래였다.

향유고래였느냐고
누군가가
목소리 속의 목소리로
귓속의 귀에 대고
간절하게 묻는다.

그 사실을 증명하기 위해
산 자처럼 숨을 내쉬었다
그러자 바닷물이 마르고
사람들이 커다란 작살을 들고
내게로 걸어왔다

나는, 누구인가?

백목련

바싹 마른 그 집 목련나무가
마른기침을 쿨럭거리자
가지 끝 상처마다 하얀 꽃 핀다
그 집 마당의 목련꽃이
그토록 아름답게 피었던 적을 생각해본다

어느 해는 피었지만
그가 오지 않았거나
그가 왔으나 계절이 아니었음을
기억하고 있다.

실낱같은 탄식이 심연에서 울린다
모든 사소한 관심이
소리 나는 곳으로 만개해 있다
들켜버린 누추한 기억,
아침부터 혼절해 있다

배추흰나비 한 마리

고요한 마당을

휘돌고 날아갔을 뿐이다

할미꽃

문득
누군가의 뒷모습이
말을 걸 때가 있다.

뒤돌기 전까지
흘린 눈물을
알고 있다

앞에서 한 말을
뒤돌아서서 한다는 것만큼
참 힘든 일도 없지만

언제나
그 꽃 앞에서
등 돌릴 수밖에 없었다.

그 겨울 지나고
봄이 왔지만……

제
2
부

거울을 들여다보며

빈 항아리 속이
비어 있다.
빈 것을 보고
'비었다' '적멸(寂滅)'하다 '무아(無我)'라고 쓴다.

빈 항아리 속에
가득히 찬 것을
나는,
아직 보지 못하고 있다

거울 속의 나,

시를 만나는 일이 자꾸 낯설어진다.

경계의 고집

짬짜면이란 게 있다.

짬뽕도 먹고 짜장도 먹고

경계를 기준으로 나누어진

짜장과 짬뽕.

짜장을 짜장답게

짬뽕을 짬뽕답게 지켜내는

저 완고한 고집,

갑과 을처럼,

정규직과 비정규직처럼,

보수와 진보처럼,

짓밟은 자와 짓밟힌 자처럼,

분명하고 확실한

삶과 죽음의 경계

이 명확한 경계를 거리낌 없이 넘나드는

젓가락.

아직 할 수 있다는 가능성과

이젠 할 수 없다는 아쉬움의

넘어서면 개밥이 되어버리는

욕망,

서로가 하나로 합칠 수 없는

경계의 높이

마음대로 오고 가는

내 젓가락

그림자 골목

길은,
나른한 고양이 수염처럼 아득하다.

일상에 불룩하게
괄호가 하나 삽입되었고,
이 괄호 속에는
끝나지 않은 책임이 들어 있다.

많은 이름들이
나를.
그림자 속으로 끌고 들어간다.
몸에서 가장 먼 발끝,
내려다보는 자리가
벼랑이다.

풍경으로 남을 수밖에 없는 간격
골목길 마지막 집의 백열등 노란 빛이

캄캄한 바다의 등대처럼

먹먹한 내 가슴에서 깜박거린다.

잃어버린 열쇠 꾸러미를

가로등 아래서 찾고 있다.

그림자가 나를,

보고 있다

고통을

똑바로 바라보고 있다

꽃병

요즘에는 꽃병의 꽃이
시들도록 내버려둔다.
만개하여 피어올랐다 시들어가는
긴 시간을 묵묵히 지켜본다.

네가, 내게 처음 왔던
그날,
꽃병 가득 담아둔 물이
이제는 반으로 줄었다.

그사이, 한 생이
계절처럼 지나갔다.
한 방울의 물까지 다 비워지는
그 순간이
찰나처럼 지나갈지라도

꽃병처럼

꽃병처럼

네가, 내게 처음 왔던

그날처럼

상강(霜降)

상수리 나뭇잎이
바람에 끌려가고 있다

힘들게 골고다의 언덕을
넘고 있다

내, 죄를
그를 향하여 던지고 있다

바람이, 상수리나무 잎 쪽으로만
몰려들고 있다

치통

마흔이 넘도록 사랑니를 뽑지 않았다
남은 사랑니가 염증을 일으켜
가끔은 몸살 나게 아프다

사랑니가 아픈 까닭에
사랑니를 기억한다.

버릴 수밖에 없는 것을
버리지 못한 벌임을
나는, 알고 있다

그 여자의 기억이
치통처럼 아프다.

Indian summer[*]

갱년기를 겪은 후부터
아내는 날씨에 대한 자신감이 없어졌다.
"오늘 더운 거 맞지? 나만 더운 거야?"라며
자신의 체감온도를 하루에도 몇 번씩이나 확인하곤 했
다.

어젯밤에는 베란다로 치워놓은 선풍기를
다시 안방으로 들여다 놓았다.
"나만 미친년인가"를 혼잣말처럼 흘리며
선풍기 앞에 앉았다가,
춥다고 이불 속으로 기어들기를 반복한다.

낮에 사 온 하얀 원피스를
입었다 벗으며,
아프기 전에는 입고 싶어도 입을 수 없었던 옷이란다.
죽음의 문턱까지 가고서야
그 옷이 이젠

꼭 맞게 되었다고 너스레를 떤다.

거울 앞에 서서
그해 가을, 가을비를 맞으며
꽃 한 송이 들고 찾아왔던
그날의 나를
운명처럼 회상한다.

가을은,
허둥거리다가 금세 해가 진다.
심호흡도 한 번 하고,
마음의 준비도 하고……

겨울이 벌써 근처에 있다.

* 북아메리카에서 한가을부터 늦가을 사이에 비정상적으로 따뜻한
  날이 계속되는 기간을 두고 일컫는 말이다.

살아남은 자의 슬픔

거름을 묻으려고
흙을 파다가

문득, 용케도
잘 살아 있다고 생각하다가

아직은 묻히지 않는 삶을
감사해하다가

죽을 때까지
당신의 무엇이든
사랑하다가

마음이 갈기갈기 찢어져도
매일 먹는 저녁처럼
결국, 사랑하는 일.

달맞이꽃

취모검*으로
흐르는 물을 벤다.

칼로 베어진 물처럼
그리움이
그리움의 칼에 베어서

잠 속의 꿈에서도
돌아와
우뚝 선 그 자리,

등 돌려 걸어가는
그 사람을 보고 있다.

* 취모검 : 서산대사의 제자였던 일선스님의 임종게에서 인용.

부석(浮石)

당신의 주름살로
나는 웃었다
가늠할 수 없는 죗값으로
무거운 꿈을 꾼다
무거운 꿈은
꿈속에서도 적막하다.
꿈에 짓눌려 깨보면
하늘엔 항상 별이 걸려 있다.
오늘은 마음속을 헤집는 바람 속에
풋냄새가 짙다.
용서하고 떠나보내기가
좋았던 날이었을 게다
뱀이 나무에서 내려와
저녁이 깊은 숲으로 돌아갔다.
숲과 틈 사이,
꽃이 바위를 들고 있다.

무서운 눈

구멍가게가 편의점으로 바뀌면서 나는, 그저 삼각김밥의 바코드처럼 무관심하게 읽혔다. 새벽에 삼각김밥과 신문 한 장을 계산해도, 한밤중에 컵라면과 소주잔을 기울여도 헛기침이 잦았던 옛 주인처럼 왜냐고 묻는 법이 없다. 지극히 무관심한 눈으로 나를 들여다보고 있다. 그 무관심한 눈(眼)은, 꼭 필요한 것들을, 필요한 만큼 이상으로 진열장에 가득 채워놓고 나를 기다리고 있다. 편의점을 지날 때마다 무관심한 눈은 무심한 듯 나를 바라보고 있다. 나의 욕망을 오래전부터 꿰뚫어 보고 있다.

베지밀

아침마다 배달된 베지밀 두 병

따끈하고 고소한 냄새,
온기가 남은 병만 만지작거려도 일순 군침이 도는
베지밀은 약이었어요.
저걸 마시면 죽을 수 있다고,
주문을 외웠지요

콩밥, 콩국수, 콩두부……
콩으로 요리한 음식은 아주 좋아하지만
아직도 베지밀만 못 마셔요.

마른 콩들은 늘 버릇이 없다고
가을 하늘까지 뛰어오르는
할머니 말씀,

냉수 한 컵으로

그 어지러운 날들을

이젠 꾹 눌러둘 뿐이지요.

삼길포에 가다

슬픔이 깊어져
떠나는 여행

막막하도록
사람과 사람 사이
그 사이의 깊은 틈,
상처를 통해서
풍경을 건너가고 있다.

시간의 상처가 흘린 피는
슬픔으로 배어들어
발끝의 그림자처럼
지워지지 않고
무게 중심을 잊고
한쪽으로 쏠려 있었구나

삼길포 가는 길,

상처 대신
하늘색 점 하나가 찍혀 있다

가슴마다 핀
너도 바람꽃,
생을 온통 밝히다가 지고 있다.

아내의 화장

세상의 관심이 지나쳐 가는 동안

혼자서 밥을 먹고
혼자서 차를 마시고
혼자서 노래 부르다가
결국, 혼자가 된
여자.

어지러운 마음에
슬픔이며, 한탄이며
가라앉힐 것은 억지로 가라앉힌
앙금.

쌀랑쌀랑 싸락눈이*
창밖으로 내리는
저녁,

거울을 들여다보며

아무리 찾아보아도 보이지 않는
낯선 여자
혼자가 된
시든 꽃

* 백석의 시에서 인용.

못 찾겠다 꾀꼬리

진실이가 술래였다는 사실을
까맣게 잊고 있었다.

모두가 약속이나 한 듯
집으로 돌아가
두레 밥상에 차려진
맛있는 저녁을 먹고 있을 때

못 찾겠다 꾀꼬리 꾀꼬리 꾀꼬리 나는야 술래
진실이가 부르는 소리

교회당 지붕 위로 떠오른 음산한 달빛
까맣게 키 큰 전봇대에 기대어

못 찾겠다 꾀꼬리 꾀꼬리 꾀꼬리 나는야 술래
진실이가 부른다.

'저 앤 어미도 없다느냐!'

엄마가 등 뒤에서 고양이처럼 무섭다.

엄마도 무섭고

진실이도 무섭다

못 찾겠다 꾀꼬리 꾀꼬리 꾀꼬리 나는야 술래

진실이가 아무리 목청껏 불러도

난,

가지 않았다.

갈 수가 없었다.

진실이가 운다.

강아지도 멍멍멍

함께 울고 있다.

쉽게 쓰인 시

골목 어귀에 '개를 찾습니다'란 현수막이 내걸렸다. 사람도 찾기 힘든 세상에 실종된 개를 찾는다고 저 호들갑을 떨까라며 속으로 내심 비웃었다. 그런데 잃어버린 개를 찾는 처지에서 생각해보면 사례금을 주면서까지 그 개를 찾을 중요한 이유가 있다는 것이다. 그 간절함은 개를 잃어버린 그 주인만이 안다. 그런 심정으로 개를 키운 사람만이 안다. 그런 심정으로 개를 키우다가 잃어버린 사람만이 안다. 그런 사람들이 그 현수막을 보고 잃어버린 개를 찾을 것이다. 애타는 심정으로 온 골목을 기웃거릴 것이다.

쉽게 쓰인 시를 보고
나는,
절망하고 있다.

아는 사람은
잘 알고 있을 것이다.

불혹(不惑)

단골로 드나들던

황금다방 미스 김 손도 한번 잡아보고

언감생심,

가끔은 단골 카페 윤 마담의 시린 젖가슴도 만져보고

실오라기 하나 걸치지 않은 처녀 귀신이

젖통이 터지도록

등 뒤에서 나를 껴안는 그 순간에도

이제는 요지부동이다.

당최 일어설 기미가 보이질 않는다.

죽은 아들 불알 만지듯

따뜻한 손이

아궁이를 지필 때가 있다.

시도 때도 없이

벌떡,

꽃이 필 때가 있다

제
3
부

양배추 꽃

냉장고를 열어보니 양배추에서 새싹이 자라고 있었다. 양배추 반 통을 사서 다시 반을 잘라 먹고 남은 토막이었다. 싹을 옮겨 심고 몇 번 물을 주었을 뿐인데 어느 날 화분 가득 작고 노란 꽃이 무리 지어 피었다. 작은 유채꽃 같다. 노란 꽃이 하얗게 말라 뚝뚝 떨어지는 동안 계속 새로운 꽃대가 올라와 꽃자루마다 새로운 꽃을 피웠다. 그 꽃에 눈길이 갔다. 나도 모르게 문득 베란다에 나가 가만히 꽃을 보고 있었다. 꽃이 피니 꽃인 줄 알았지, 냉장고에서 시들어가던 양배추 반의반 통 어디에 이토록 많은 꽃이 숨어 있었을까? 말하자면 내가 잘 안다고, 다 안다고 일찌감치 덮어버렸거나 던져버린 것들에 대해서.

춘곤(春困)

보리밥이 먹고 싶었다.

푸른빛 넉넉한 보리밭 앞에서
봄날, 긴 하루는
새순 돋는 뽕나무 가지 위에 걸려
넘어가질 않고

이른 아침
들판으로 나가신 아버지는
밤이 늦도록 돌아오지 않았다
굶주린 배를 움켜쥐고
돌아오지 않는 아버지를
기다렸다

보리의 푸른빛이 다하고
너른 들판이 누렇게 익어갈 무렵
아버지는

꽃상여를 타고 집에 오셨다.

기다리시던 아버지가 오시자
따뜻한 보리밥 한 그릇을
먹을 수 있었다

삼손을 꿈꾸다

애드벌룬 하나가
깊은 물속에서 숨을 참고 있다
누가 그 문을 열어두었을까?
천 마리의 종이학 날아간다.

팔을 길게 어둠 속에 들이밀어도
꺼낼 수 없는 깊이에 가라앉은
꿈은, 슬프다
꺼낼 수 없는 깊이에
가라앉은 어둠처럼
저 스스로 침을 뱉지 못한다.

휘청거리는 오후의 길을 따라
파라다이스로 가는 승차권을 샀다.
낙타처럼 걸어온 내 길들이
미치도록 보고 싶어

뒤돌아봤을 때,

발바닥에 눌어붙은 길들이
나보다 먼저
흐느끼고 있었다.
꿈에, 길을 잃었다.

점심으로 설렁탕을 먹었다

내 나이도 젊지 않다는 증거가 있다. 한여름에도 뜨거운 음식이 좋다. 뜨거운 탕 한 그릇을 목구멍으로 밀어넣어야 배 속이 든든하다. 이렇게 먹어야 살맛이 난다. 세상이 나를 용서하리라 믿으며 산다. 낯 두꺼운 뻔뻔함이다. 내 마음이 식었다. 옛사랑을 잊었다고 이제는 그 사람이 찾아와 탓하지도 않는다. 펄펄 끓는 설렁탕에 혓바닥이 뜨겁다고 몸부림을 쳐야 내 허물이 보인다. 겨우, 껍데기만 살아서 몸부림을 친다. 삼복더위에도 식은땀을 흘리며 산다.

부처꽃

연꽃 만나러 가는 길에
부처꽃을 만났다.

낯선 그를
내가 어디서 만났을까?

명함을 뒤지고, 혹 아버님 장례식 때 오신 그 손님인가
하여
오래된 명부에서 찾아보지만

그냥 '부처꽃이에요' 하는데
낯선 그와
어디서 헤어졌을까?

그 꽃이, 부처의 눈으로
나를 보고 있다.

아!
그때야 그 사람이 생각이 났다.

가을비

몸살이 났다.
온종일 누워만 있다가
문득, 비가 내리고 있었다.

가을비……
아! 그 무서운 가을이
또다시 돌아왔다.

몸살을 앓는 몸뚱이를 일으켜 세워
가자, 가을 우체국으로 가서
그 사람에게 가을이 왔다고 편지를 쓰자.

내일이면 늦으리.
이미 그 사람이 알아버린 소식이라면
무슨 소용 있을까?

가을비에 도라지꽃이 젖고 있다.
처음 온 가을비를
혼자 다 맞은 것처럼

각시붓꽃

무심코 지나다가
언뜻

순간이 영원처럼
멈추는 사이,

전생의 인연인 듯
이승에서의 첫 만남인 듯

기~인 기다림의 눈(眼)으로
오랫동안 지나쳐버린

길을 잃은 자를 바라보는
자줏빛 등불

개나리

오라는 봄은 안 오고
늦은 춘설(春雪)이 오후 햇살처럼 쏟아져 내리는데

고양이가 눈을 뜨네
태양이 들어갔네

어떤 바람에도 꺼지지 않는
지포 라이터

그대, 내 가여운 속
허허로운 벌판에 활활 불 지피지 마시라.

거짓말

　우리 집은 단 한 번도 가족 소풍을 가본 적이 없었습니다. 큰 도회지에 나가서 백화점이나 동물원을 구경한 적도 없었습니다. 세상에서 제일 맛있었다고 자랑이었던 짜장면도 먹어본 적이 없었지요. 어느 봄꽃이 만발한 날, 한참 모내기로 바쁠 그날에, 엄마는 저를 데리고 아주 먼 도회지로 데리고 나갔습니다. 백화점에 가서 멋있는 옷 한 벌 사서 입히고, 함께 동물원이라는 곳에도 갔었습니다. 거짓말처럼 기린도 있고, 사자도 있고, 커다란 코끼리도 보았습니다. 엄마는 배가 고프다는 내게 그 맛있다는 짜장면을 두 그릇이나 사주셨지요. 미처 다 보지 못한 동물원 구경을 하던 중에 똥이, 급하게 마려웠습니다. 서둘러 화장실을 찾았고 얼른 화장실로 내 등을 떠미는 슬픈 표정의 엄마 모습을 보았지요. 꼭 그 자리에 서 있었을 것이라고 믿었던 엄마의 모습이 보이지 않았습니다. 꽃잎 분분하게 휘날리는 동물원을 아무리 목청껏 부르고 찾아다녔어도 엄마의 모습은 없었지요. 그리고 삼 개월 후에야 겨우 우리 집으로 돌아왔습니다. 아직도 우리 집은 가족 소풍을 가지 않습니다.

꼴값

날이 갈수록
로또를 사는 마음으로 엄두를 심는다.
시 한 편을 어렵게 써놓고 봐도
사족(蛇足)이 많다.

달의 뒷면을 보듯
뱀의 다리를 찾는다.
돌아보니
엄두가 나지 않는 길을
뱀의 다리로 걸어왔다.

꼴뚜기는 봄이 제철이다.
고추장에 푹 찍혀진 꼴뚜기를 입에 넣다가
가려운 어깻죽지 사이
빼꼼하게 드러난

앗, 용의 날개!

대박

3번 말 [새벽대박]이 안쪽 레인으로 선두를 잡는 가운데, 7번 말 [고무말굽]이 그 뒤를 바싹 뒤쫓고 바깥 레인의 [오직대박]은 선두권 탈환을 엿보고 있습니다. 아 그런데 이게 웬일입니까! 그동안 부상에서 회복한 [흥부박]이 제비 울음소리를 울리며 뜬금없이 치고 들어옵니다. 이와 동시에 다크호스라는 [한방]이 선두권 밖으로 처져 있는 상황입니다. [마지막대박]도 [흥부박]을 따라잡지 못하고 있습니다. 그 중간에 [칠공주]와 [왕따대박]이 사이 좋게 달리고 있습니다.

집으로 돌아가는 길,

타워팰리스가 보였다,

공갈빵

속이 텅 비어 있는 간이역처럼
마치 아무 일도 없는 듯
시간은 돌아올 수 없는 길을
너울너울 흘러간다.

꿈에서는 눈이 내렸다.
눈길을 밟는 것이 따뜻했다.
슬프다고 말하지 않아도 슬펐고
외롭다고 말하지 않아도
사람들은 언제나 외로웠다.

비가 내리지 않았으면 하는 마음으로
서서 맞는 비,
찰나에서 느낀 낯선 감정으로
하루의 삶이 흔들린다.

이곳과 저곳은 텅 비어버릴 것이고

나는,

텅 빈 이곳과 저곳에 존재하지 않음으로써

쓸쓸할 것이다

기차가 올 시간은 아득했다.

소가 묻는다

인도에서 일어난 일이다.

그 나라에선 소를 신성하게 여긴다. 그런데 누군가 불경스럽게도 그 소를 도살한 일이 벌어진 모양이다. 그것도 한두 마리가 아니라 꽤 여러 마리인 것 같다. 수만인지 수십만인지 가늠할 수 없는 군중들이 벌떼처럼 일어나 그 일을 막지 못한 경찰서를 습격하곤, 데모를 막은 경찰관을 때려 죽이는 일까지 벌어졌다.

그날,

한 여자아이가 이웃집 남자들에게 성폭행을 당했다. 겨우 14세의 소녀를 두 명의 건장한 사내들이 겁탈한 사건이다. 피해자의 아버지가 동네 파출소에 신고했지만, 파출소에선 별것 아니라고 피해자 아버지를 돌려보냈다. 그 사실을 안 가해자들이 소녀를 으슥한 곳으로 끌고 가 불에 태워 죽이고 말았다.

사람이 소만도 못하다니!

이렇게 쓴다면
시가 되지 않을 것이다.

어떻게 쓰는 게 옳은지
당신이 눈으로 본 것을
당신이 귀로 들은 것을
당신의 마음으로 생각한 것을
시인의 입으로 말해보시라.

사람이 소만도 못한 거기에서부터
소 귀에 들려주는 불경처럼

당신의 목소리,
내게 들려주시라.

말복이 이야기

　오판석 님은 만성신부전 환자입니다. 투석한 햇수가 벌써 10년을 넘고 있지요. 예전부터 보신탕이라면 환장을 했습니다. 투석 환자에겐 별로 좋은 음식이 아니라는 의사의 권유에도 아랑곳없이 연례행사처럼 매년 두세 마리의 개를 잡아서 보신탕을 즐겼지요. 지난봄에도 여름에 즐길 보신탕 거리로 시장에서 강아지 두 마리를 사 왔습니다. 흰색 강아지는 초복에 잡아먹는다고 초복이, 갈색 강아지는 말복에 잡아먹는다고 말복이라고 불렀습니다. 군침이 당긴 그는 초복도 오기 전에 초복이를 잡았습니다. 초복이를 잡다가 개가 발버둥 치면서 말복이의 목줄이 느슨해져 그만, 말복이가 도망가버렸습니다. 도망가는 말복이를 쫓다가 마당에서 대문을 넘는 순간, 무언가에 걸려 앞으로 '쿵' 하고 넘어지고 말았지요. 그때부터 무릎이 시큰하더니 걷는 게 불편스러워졌습니다. 날이 갈수록 걷기가 힘들어졌습니다. X-Ray를 찍어봐도 별이상이 없다곤 하는데 상강(霜降) 지난 후부터는 열 걸음조차도 걸을 수가 없었습니다. 도망간 말복이가 가끔 찾아와 그의 발등에서 죽음의 향기를 맡고 갑니다.

봄

절망과 희망이

한 포장지 안에 갇혀서

서로 맨몸뚱이를 껴안고 있다.

모두가 다 혼자가 되어

안개 속에선

외롭고 쓸쓸하다.

바람은 언제나

호두나무

왼쪽 길로 불고 있다.

오징어 뼈

세상의 모든 피는
붉을 것이라는 당연함으로
오징어를 바라본다.

나무색과 결을 그대로 드러낸
내소사의 단청처럼
연하고 푸른
오징어의 피,

오장육부 다 긁어내고
시퍼런 바닷물로 벅벅 씻어낸
오징어를
구워 먹고, 튀겨 먹고, 회로 먹는 동안

혹 누군가는
'잘 모르겠습니다.'
'기억이 나지 않습니다.'

'지시만 따랐을 뿐입니다.'라는 말이
목구멍에 걸려 컥컥대고 있다.

먹물처럼 컴컴한 밤중에
때맞추어 드러내신
오징어의 뼈,

목구멍에 걸렸다.

쇠똥구리

폐지를 가득 실은 손수레가
지나가고 있다.

두 바퀴는 수레보다 몇 배나 크고
무거운 짐을 싣고 굴러가고 있다.

굴러가기 위해
수없이 넘어진 삶,

버거운 삶을 짊어지고
평생을 위태롭게 걸어왔다.

언제나 그랬다.
누구나 그랬다.

첫눈

그 사람에게서
오랜만에 연락이 왔다.

아주 짧게 단 한 줄,
'이 세상에서 당신이 가장 행복한 사람이 되세요'라고.

나는,
그 마음을 안다.

한 마디의 거짓말을 쓰기 위해
흘렸을 수많은 눈물을 기억한다.

눈이 내린다.
첫눈,

슬픔이
기억을 덮고 있다.

풍경을 찍는다

그 여자의 가방은
늦가을, 못생긴 모과를 똑 닮았다.
어제의 불안으로 가득한 가방은
볼썽사납게 볼록하다.

핸드폰 1번에 저장된
큰아들 번호와
열 번 전화하면 한 번 연락 오는 큰딸년의 번호가
녹내장 증상에 흐릿하다.
작은오빠는 몇 번, 며느리는 몇 번이라고
지난 명절에 다녀간 막내딸년은 그러곤 감감무소식이
다

단단한 모과엔
불안이 가득

양지에 앉았어도

이젠, 바람이 차다

툭,

모과 떨어지다.

코뿔소

코뿔소는 9미터밖에 보이질 않는다. 물체가 이미 가시권 안에 들어왔을 땐 늦을 수밖에 없다.

그전에 판단한다. 그리고 먼저 움직인다, 전속력으로 앞을 향해 내달린다. 시속 48킬로미터로……. 그래서 코뿔소다.

그의 코는 박아가면서 커진 것이다. 강해진 것이다. 원래 코뿔소의 코가 강할지도 모른다. 그러나 계속 박지 않으면 그 코 또한 약해질 것이다.

코뿔소가 코뿔소로 살 수 있는 길은 단순함이다.

제
4
부

각인

편지 봉투에
'서울시 북가좌동 산 27번지 김만중 씨 댁 B201호'라고
쓰고
30원짜리 우표를 붙였다.

뭐라고 썼는지
이제는, 기억이 없다.

그 여자의 이름도
그 여자의 얼굴도
잊어버렸다.

우체국을 가려면
라일락나무 밑을 지나서 갔다.

도토리를 줍다

그 여자의 시는
'가을보다 먼저 떠난 어머니'에서
멈춰 섰다.

그 다음 글자를 쓰면
가시가 옆구리를 쿡 찌르며
왈칵 눈물이 쏟아져,
방울방울
도토리처럼 굴러다닌다.

시간에 쫓긴 배롱나무처럼
하염없이 늙어만 가신다.
그 몸을 이끌고
이 비탈에서 저 비탈로

돌돌돌돌
굴러다니신다.

둥글게 둥글게

가시들을 말아 올리며

도토리처럼 둥글어져가고 있다.

'도토리'라고 쓴 제목 위로

눈물들이 떼구루루

굴러다닌다.

시라고 쓰인 글자들이

자꾸 지워진다.

먹이사슬

난, 불편한 건 참 못 참는 편이다.

정기 구독하는 신문이 지난주에도 하나가 빠지고
오늘도 하나가 빠졌기에 고객 센터로 전화했다.
매끄럽고 잘 훈련된 젊은 여자 상담원이
아주 죄송하다며 거듭 사과의 말씀으로 전화를 끊었다.

잠시 후, 나이 좀 들어 보이는 둔탁한 목소리의 여자로
부터 전화가 왔다.
거듭 죄송하다며
다시는 이런 일이 없도록 약속드린다며 곧 신문을 가
져다주겠단다.

전화를 끊고, 한 시간도 안 되어 현관 벨 소리가 울렸
다.
한쪽 발이 불편한 한 남자가
어눌한 말투로 '신문 가져왔습니다'라고 하며

현관에 서 있다.

편리함 아래 가려진 모든 것은
항상, 언제나, 반드시.
불편함과 희생을 동시에 가지고
어둡게 그늘져 있을 누군가의 피와 땀으로
돌아가고 있다

호흡처럼,
멈추면 죽는다.

풍경이 지나갔다

한적한 시골길을
태엽이 다 풀린 시계추처럼
지나가버린 시내버스.
먼지 쌓인 낡은 의자에
시간이 머문 자리

비 지나가면
비 지나간 자리 젖고
비 지나간 자리,
별이 찾아와
비 맞은 자리 말리고 간다.

그 모든 것들은
목을 한 방향으로 내밀고
하염없이 기다린 후에야 오는 것들,
온몸에 가시가 돋치는 일
혼자서 우는 일이었음을

모든 것들 머물다 가고
모든 것들 지나간 후
알게 된 늦은 후회
무엇이든 깊이 관조하다 보면
삶은 더욱 하찮아지고

바람처럼 머물다
안개처럼 사라진 자리,
사랑이 지나간 곳이었음을…….

풍경이 지나간 자리
붉은 초승달 떴다

47번 사물함

아들놈하고 목욕탕엘 가면
사람은 둘인데 사물함은 꼭 하나만 내어준다.
두 사람의 옷으로 꽉 들어찬 사물함은
틈과 여유가 없다.

노모의 나이가 올해 일흔이다.
사십 년이 넘도록
시장 골목 어귀에서 채소 장사로 연명 중이시다.
그 작은 벌이로
다섯 식구 목구멍에 풀칠하며 살았다
아우 하나는
아직도 싼 월세를 찾아서 변두리를 맴돌고 있다.

돌아보니
내가 감춰야 할 흉허물이다
그 눈물과 설움들을 감추고 보듬어 안아야 하는데
내 작은 사물함엔

그것들이 비집고 들어갈 틈이 없다.

하루가 다르게 아이가 크고 있다.
아들놈의 옷으로도 사물함이 비좁을 때가
곧 올 것이다. 번듯하게 자식놈의 옷으로
사물함을 채워두고 싶다.

낡고 허름한, 내 옷들은
감출 수 없는 흉허물로 아무렇게나
길바닥에 널브러질 것이다.
수군수군 뒷말로 손가락질당할 것이다.

아버지가 그랬던 것처럼
나도.
아버지를 닮아가고 있다.

개양귀비

확 펼쳐진 보자기에
주름이 보이네.
오랫동안 꼭꼭 싸놓은 자국이네

젖은 마음을
제때 추스르지 않으면
구겨진 자국이 오래도록 남는 것처럼

길 위에 눈물짓는 당신에게
그 빛을 보내네.
당신의 눈물을 닦아주네.

그 빛을 두고 오는데
등 뒤에 따라오며
떠오르는 별,

재(灰) 속에서 금빛을 만들듯

원형의 꽃잎으로

태양을 만드네.

네가, 내 꿈에

나와 함께

한참을 잠들어 있었네.

겨울비

소설(小雪)이 한참이나 지났는데 비가 내린다.

예지 엄마, 숙자 씨가 서울 큰 병원에서 읍내 병원으로
다시 돌아왔다.

눈이 내려도
어쩔 수가 없다

이젠
어쩔 수가 없었다.

김영수

어린 '영수'가 길을 가다가 넘어졌다. 아픔을 참으며 울먹이다가 엄마가 오자 엄마 품에 와락 안기며 서럽게 운다. 늙은 '영수'가 그 모습을 물끄러미 바라본다. 뒤돌아보니 참으로 열심히 달려왔다. 넘어지기도 많이 넘어졌고, 또다시 넘어질 것이다. 그러나 이젠 일으켜줄 사람이 없다는 것이었다. 문득 서글퍼졌다. 별일 아닌 일에 울적하고 눈물이 자주 흘렀다. 술자리에서 넌지시 친구에게 속마음을 털어놓으니 '미친 새끼 지랄하네'라며 한 바가지 욕을 퍼붓는다. 돌아와 아내에게 말했더니 '쓸데없이 지랄하며 나대지 말라'고 핀잔이다.

주위를 둘러보니 '영수'가 참 많다.

꽃은 틈을 건너간다

안으로 들이려면
틈을 낼 일이다.

씨앗 품어 꽃눈이 트는 틈,
그 틈으로
별처럼
물고기 비늘만큼만 눈부신 빛줄기

싹 틔우고,
잎 키우고,
꽃 피게 하는
파종(播種)의 빛.
마구잡이로 쏟아지지 않고
틈 사이를 조심스럽게 살펴서
구석구석 스며드는 빛.

경계가 혼란할수록

그저 묵묵히 뿌리내리며

때가 되면 잎이 나고

꽃이 피는 것을.

틈이 있으므로

열려 있으므로

기다림이 되는 것들을 헤아려보라

오직 '피다'와 '지다'의 두 운명의 거리를

적막과 침묵으로만

건너가고 있지 아니한가.

돼지의 눈

부처의 죽음을 묘사한 불상과 그림은 예외 없이 고요하고 평온하다. 부처는 오른편으로 누워 계시고 긴 의복은 단정하게 정돈되어 있으며, 잔잔하게 미소 띤 얼굴로 눈을 감고 계신다. 그런데 죽기 직전, 부처께서는 식중독에 걸리셨다고 한다. 노구(老軀)를 이끌고 걸어가실 수 있는 데까지 온 힘을 다해 걸어가셨다. 나무 아래 앉을 힘도 없어서 공터에 몸을 뉘었다. 버섯이나 상한 돼지고기를 드신 게 아닌가 싶다. 뭘 드셨던 건 간에 복통과 설사가 심했을 것이다. 부처는 자신을 둘러싼 무리에게 고개를 돌리지 말고, 자기를 똑바로 바라보라고 소리쳤다. 마지막 유언처럼 '너희도 이러할 것이다!'

그때, 거기에
수많은 돼지의 눈이 있었다.
그 눈은, 식당과 정육점에
인자한 웃음으로 웃고 계신다.

똑바로 보았는가!

지금, 어디에 계시는가?

죽음을 본

돼지의 슬픈 눈

능소화

노을 앞에 다가가서
겨우 알게 되었다.

세상에 숨을 붙여놓는 일이
얼마나 아름다운 일인가
바다와 하늘이
서로 마주 보며
노을을 품은 것처럼

사는 일이란
사람은 사람을 품고
노을처럼 스러지는 일이다

저 하늘
절벽을 기어오르는 것이다
기어오르다가
붉게 떨어지는 일이다

앵초

누군가, 나의 이름을 부르며 "일어서!"라고 외치는 소리를 들었다.

벌떡 일어나 각자의 방향으로 걸어갔다.

길을 걸어가는 동안 생각이 커져, 잣대를 세워 그 자로 그 길을 어림했다

아들이 찍어준 사진으로 뒷모습을 보고서야 그를 보았다

낯선 눈으로 한참을 바라보았다

기다림처럼 낯선 얼굴이 꽃을 피우고 있다

외면

　전기에는 석탄이 묻어 있지 않다. 전기를 만들다 사망한 노동자의 피도 묻지 않는다. 따뜻한 배달 음식에는 바깥의 추위도, 라이더의 노고도 묻어 있지 않다. 사람들은 위험하고 지저분한 발전소를 눈에 띄지 않는 시골에 세워놓고 노동자들을 집어넣는다. 고급 아파트의 주민들도 지저분하고 냄새나는 배달원들을 화물칸에 집어넣는다.

　사람들은 '둘이 아니다(不二)'라는 말을 '하나' 또는 '같다'라고 새긴다.

일식(日蝕)

　장롱 안으로 숨는 날이 많았다. 문틈으로, 칼날 같은 빛이 날카롭게 어둠을 갈라놓았다. 어둠 저편에 말을 던지면, 그 목소리는 뿌연 안개와 같은 메아리로 돌아왔다. 그 어둠에 내가 누구냐고 물었고, 그 어둠이 너는, 내가 아니라고 대답해주었다. 아주 가끔은 누군가 의해 발칵 그 문이 열렸을 땐, 장난처럼 튀어나와 아무 일 없는 듯 그 입을 다물어야 했다. 쥐죽은 듯 조용히 그가 내 앞을 지나갈 땐, 칼날 같은 빛줄기가 그에게 가려져 완전한 어둠의 공포로 심장이 뛰곤 했다. 장롱 속을 들어가듯 죽음으로 빠져들고 있었다. 죽음은 어둠처럼 늘 따뜻했다. 죽음은 슬그머니 다가와 내게 말을 들려주었는데, 그건 반쯤은 우렁찬 검은 강의 물소리였다.

죄 없는 자의 손에 들려진

돌이
힘껏 날아갔다.

아에샤 알-라비(45세)는 남편과 함께 차를 타고 이스
라엘군 검문소 가까운 나블루스의 자타라를 지나가고 있
었다. 그때 큰 돌이 운전석 오른쪽을 뚫고 그녀의 머리를
내리쳤다. 운전하던 남편에 의해 곧 병원으로 옮겨졌지
만, 도착했을 땐 이미 숨져 있었다. 그녀는 자녀 여덟을
둔 어머니였고, 그중 한 명은 곧 결혼식을 올릴 예정이었
다.

증오가 죄를 가리고
증오가 위선을 낳고
저마다 가면처럼 웃고 있지만
한계는 창녀의 죽음처럼
늘 비참하다.

신의 힘으로 이룬다는 것은

믿는다는 것이다.

믿음만이

증오를 가릴 수 있다.

제일 쓸쓸한 남자 이야기

　천문학자인 클라이드 톰보(Clyde Tombaugh)에 의해 발견된 된 명왕성은, 허블 망원경으로도 간신히 보인다. 태양계 끝 49억 킬로미터나 떨어져 있다. 뉴호라이즌 우주선이 9년 동안 명왕성을 향하여 날아갔다. 보이저 2호가 40년을 날아간 것에 비하면, 엄청난 속도로 날아갔다. 힘들게 가고 보니 이름은 사라지고 숫자만 남았다. '134340'은 가라앉은 돌처럼 꿈적도 하지 않는 시간을 낙서처럼 존재하고 있었다. 우주선은 돌아오지 못하고 톰보만이 거기 남아 아주 간신히 보이는 푸른빛의 지구를 보고 있다. 이제 돌아갈 곳이 없는 그의 집은, 그늘을 짊어진 창들이 무겁다.

틈

그는, 틈을 꽃무늬 벽지로 가렸다. 초저녁에 잠든 아이들을 아랫목에 누이고 사방의 틈새란 틈새는 꼭꼭 여민 후 연탄 아궁이 따뜻한 구들에 누웠다. 그 다음 날 늦은 오후에서야 그가 발견되었을 때 식구 중에서 오직 그만이 겨우 눈을 뜨고, 수렁처럼 깊은 틈을 보았다 한 생이 그 틈새에 먼지처럼 끼워져 닫혀졌다

왼쪽 어깨가 굽은 아버지, 늘 왼편으로 걸으셨고 나는, 아버지가 틈새에 빠트린 동전처럼 깊고 어두운 가난의 틈으로 떨어졌다 그 어둠 속에서 보았다 그 좁은 틈으로 자기의 온 팔을 들이밀고 헤집으며 손끝에 닿는 거칠고 뜨거운 입김, 어깨가 빠지고 팔이 저리도록 잡히지 않는 낭패감, 그 참담한 얼굴을

하지불안 증후군

주인 여자를 사랑한 코끼리가 있었습니다.

주름진 코로 그녀의 등을
사람이 할 수 없는 부드러움으로 애무했지요.

할 수 없는 사랑,
이미 끝나서 괴로운 게 아니라

아!
아직도 끝내지 못한

작품 해설

상처 속에서 핀 꽃

전 기 철 | 문학평론가

1

자신의 내면에 낚싯줄을 드리우는 시인은 상처투성일 것이다. 낚시의 미늘에 피를 흘리고 흉터 질 것이기 때문이다. 그는 지금 여기 자신만의 낚시터에서 자아의 내면을 떠도는 물고기를 낚아 올린다. 이리 긁히고 저리 긁힌, 자의식이 만들어낸 크고 작은 상처는 그가 낚아 올린 내면의 물고기다. 그리고 그 물고기는 자신만의 이미지와 리듬을 가질 것이다. 따라서 그는 쉽게 상처받고, 그 상처를 혼자서 삭이며 혼자 앓을 것이다. 이 상처에서 벗어날 길을 찾지 못한다면 그는 결국 병적인 시를 쓰게 될 것이다. 그렇지 않고 그 상처를 치유하려고 한다면 그는 자아 안에서 타자를 발견하려고 애쓸 것이다. 이 시인은 시를, 내면의 상처를 극복할 수 있게 해주는 매개로 볼 것이다. 자의식에 갇혀 있는 한 시인의 주체가 타자로서 일어설 수 있게 해주는 매개로서의 시라고 하는 양식이 어떻게 가능한가를 정병호 시인의 경우를 통해서 살펴보기로 하겠다.

정병호 시인은 「시인의 말」에서 "자기 내면의 상처를 치유하기 위한 과정"이 시라고 했다. 여기에서 치유는 2차적인 문제이다. 치유는 승화이기 때문이다. 무엇보다도 먼저 상처를 드러내 보여주지 않으면 치유나 승화란 없다. 따라서 시집 『그림자 골목』 전편의 밑바닥에 흐르고 있는 정서는 상처다. 그 상처는 때론 '슬픔'으로, 때론 '그리움', 혹은 '울음'이나 '고독'으로 나타난다.

슬픔은
숨겨진 그림자의 어두운 얼굴

내 그리움은
간이역 주차장에 방치되어 있다.
—「모과」 부분

제 상처 위에
그가 잠들었을 때 도마가 운다.
상처의 틈으로
울음을 참는 커다란 성대(聲帶)가 보인다.
—「칼과 도마」 부분

그리움도 그렇게
또각또각
잘라내고 싶다
—「손톱」 부분

슬프다고 말하지 않아도 슬펐고
외롭다고 말하지 않아도
사람들은 언제나 외로웠다.

—「공갈빵」부분

　감상에 가까운 이런 정서는 시집 속 여기저기에서 찾아진
다. 그에게 슬픔이나 그리움, 외로움은 시의 밑바닥을 흐르고
있는 저류와도 같은 시인의 자의식이기 때문이다. 혼자서 앓
고 상처 입고, 그로 인해 터져나오는 울음은 끈적끈적하게 그
에게 달라붙는다. 시인은 왜 이렇게 상처 입고 있을까. 그것
은 자신의 의식에서 세계를 찾기 때문이다. 그는 자신의 내면
을 세계로 인식하고 그 내면 속에서 상상하고 리듬을 고르고
사색한다. 그만큼 그는 병적이다. 객관적인 외부세계에 눈감
고 자아의 내면에서 세계를 찾으려고 하기 때문에 의식은 건
강하지 못하게 된다. 그렇다면 왜 그는 내면의 상처에 몰입해
있을까? 그것은 뒤돌아보기 때문이다.

돌아보니
내가 감춰야 할 흉허물이다
그 눈물과 설움들을 감추고 보듬어 안아야 하는데

—「47번 사물함」부분

　늙은 '영수'가 그 모습을 물끄러미 바라본다. 뒤돌아보
니 참으로 열심히 달려왔다. 넘어지기도 많이 넘어졌고,
또다시 넘어질 것이다.

—「김영수」부분

달의 뒷면을 보듯
뱀의 다리를 찾는다.
돌아보니
엄두가 나지 않는 길을
뱀의 다리로 걸어왔다.

— 「꼴값」 부분

자신의 의식을 들여다보니 그 속에는 살아온 모습이 보인다. 거기에는 그의 과거의 삶이 그림자 져 있다. 지워지지 않는 그림자처럼 그를 바라보고 있는 한 사람, 그는 그 자신이다. 상처 입은 채 떨고 있는 그의 내면을 들여다보면서 시인은 고통을 느낀다.

시간의 상처가 흘린 피는
슬픔으로 배어들어
발끝의 그림자처럼
지워지지 않고
무게 중심으로 잊고
한쪽으로 쏠려 있었구나

— 「삼길포에 가다」 부분

그때의 그가 그림자로 남아 환각을 불러온다. 이런 환각은 병적이다. 오르페우스가 그랬듯이, 롯이 그랬듯이, 뒤돌아보면 죽음에 이른다. 그의 시 도처에 나타나는 '어둠' 이미지는 이런 병적인 환각에서 비롯한다. "어둠을 밟고 가는 모든 곳에서"(「개복숭아꽃」), "어둠 속에서도 눈이 부신 환한 그 꽃그늘 아래/그림자 하나 울고 있다"(「망초꽃」), "어둠 저편에 말을 던지면, 그 목소리는 뿌연 안개와 같은 메아리로 돌아왔다."(「일식」)에서 보듯 병적 환각은 어둠을 동반한다. 돌아보니, 자신의 그림자가 어둠 속에서 떨고 있는 것이다. 그 그림자는 시인의 페르소나이다. 어둠 속에서 비극적 상황에 처해 있는 자신을 보면 감상적 환각을 일으킨다. 이는 자칫 병적이 될 수 있다. 이런 병적 환각에서 벗어나기 위해서 정병호 시인은 과잉한 자의식 속에서도 사실의 차원인 과거 속 어머니, 아버지, 아내 등 가족을 등장시킨다. 다시 말하면 과잉된 자의식의 근원을 사실에서 찾는다.

'저 앤 어미도 없다느냐!'
엄마가 등 뒤에서 고양이처럼 무섭다.
엄마도 무섭고
진실이도 무섭다

　　　　　　　　　　　　—「못 찾겠다 꾀꼬리」 부분

보리의 푸른빛이 다하고
너른 들판이 누렇게 익어갈 무렵
아버지는
꽃상여를 타고 집에 오셨다.

기다리시던 아버지가 오시자
따뜻한 보리밥 한 그릇을
먹을 수 있었다

　　　　　　　　　　　　—「춘곤(春困)」 부분

병적 감상은 그 내역이나 사실을 만나면 객관화된다. 과잉된 자의식은 사실적 줄거리를 가지면서 병적인 정서에서 벗어난다. 어머니는 고양이처럼 무섭고, 기다려도 오지 않던 아버지는 죽어서 온다. 이러한 줄거리는 일상적인 에피소드. 그것은 병적 감상을 객관화해줄 수 있는 객관적 사실들이다. 그 에피소드에는 피똥 싸는 남편(「개복숭아꽃」)이 등장하고, 한쪽 발이 불편한 남자(「먹이사슬」)가 나오며, 천문학자 클라이드 톰보(「제일 쓸쓸한 남자 이야기」), 시 쓰는 여자(「도토리를 줍다」)가 등장한다. 이에 감상적으로 만들었던 병적 자의식은 줄어들고 사회적 자아가 등장하여 주체는 보다 객관화된다.

> 그는, 틈을 꽃무늬 벽지로 가렸다. 초저녁에 잠든 아이들을 아랫목에 누이고 사방의 틈새란 틈새는 꼭꼭 여민 후 연탄 아궁이 따뜻한 구들에 누웠다. 그 다음 날 늦은 오후에서야 그가 발견되었을 때 식구 중에서 오직 그만이 겨우 눈을 뜨고, 수렁처럼 깊은 틈을 보았다 한 생이 그 틈새에 먼지처럼 끼워져 닫혀졌다
>
> —「틈」 부분

시는 보다 냉정하고 객관화되어 있다. 여기에는 눈물이나 울음, 슬픔이 끼어들 틈이 없다. 사회적 자아, 곧 타아가 그런 감정을 꼭꼭 막았기 때문이다. 시인은 자아의 내면에서 건져 올린 감성, 슬픔이나 울음, 그리움, 고독에서 출발했지만, 그러한 정서를 사회적 상상력으로 고양하여 객관화하고 있다. 이는 보다 확장된 상상력이라고 할 수 있다.

2

이와 같은 사회적 상상력으로 시인의 자의식을 승화하는 또 하나의 장치가 꽃과 나무다. 꽃이나 꽃나무 이름으로 된 제목뿐만 아니라 시의 행간이나 결구에 꽃나무나 꽃을 가져오는 시들이 많다. 제목만 보더라도 「모과」 「원추리」 「개복숭아꽃」 「망초꽃」 「할미꽃」 「백목련」 「달맞이꽃」 「부처꽃」 「각시붓꽃」 등 꽃나무들은 각 부마다 여러 편에 이른다. 뿐만 아니라 시의 행간에도 꽃 이미지는 자주 나타난다.

'울컥' '울컥' 어머니를 닮아서
'울컥' '울컥' 어머니처럼 지나간다.
　　　　　　　　　　　　　　　　　—「원추리」 부분

지워지지 않는 붉은 죄가
기억의 문을 열고
활짝 피었다.

세상이 눈부시게 밝아졌다.
　　　　　　　　　　　　　　　　　—「개복숭아꽃」 부분

숲과 틈 사이,
꽃이 바위를 들고 있다.
　　　　　　　　　　　　　　　　　—「부석(浮石)」 부분

그 꽃이, 부처의 눈으로
나를 보고 있다.
　　　　　　　　　　　　　　　　　—「부처꽃」 부분

꽃은 아픔의 근원이기도 하지만, 아픔이나 상처를 건너가는 매개이기도 하다. '울컥'은 꽃을 공감각적으로 표현한 것이다. 그리고 죄를 활짝 피움으로써 세상을 눈부시게 맑아지게 한 것도 꽃이다. 또한 상처 입은 나를 부처의 눈으로 바라보는 것도 꽃이다. 또 다른 시에서는 뱀이 들락거리는 숲의 틈에 꽃이 바위를 들고 있기도 하다. 시인에게 꽃은 상실의 세계를 건너는 승화의 매개이다. 그 매개, 곧 건너는 이미지를 위하여 '틈'이 등장한다. 시인에게 '틈'은 "사람과 사람 사이/그 사이의 깊은 틈"(「삼길포에 가다」)이며, "상처다,/틈으로 피었다가/틈으로 지고 있"(「배롱나무 풍경」)는 틈이다. 그 틈은 어둠이며 그림자 진 곳이다.

> 아버지가 틈새에 빠트린 동전처럼 깊고 어두운 가난의 틈으로 떨어졌다 그 어둠 속에서 보았다 그 좁은 틈으로 자기의 온 팔을 들이밀고 헤집으며 손끝에 닿는 거칠고 뜨거운 입김, 어깨가 빠지고 팔이 저리도록 잡히지 않는 낭패감, 그 참담한 얼굴을
>
> ―「틈」 부분

틈은 상처가 벌어진 곳이며, 울음이나 슬픔이 고여 있는 곳이며, 고야의 개가 어둠 속으로 떨어진 어둠이다. 아버지나 어머니의 삶이 빠져 있는 곳이며, 낭패감에 젖은 참담한 얼굴이다. 틈은 시집 제목에서 보이듯, "홀로 남겨진 그림자"(「거미의 길」)가 있고, "그림자가 나를,/보고 있"(「그림자 골목」)는 벼랑인 '그림자 골목'이다. 그 그림자는 나의 페르소나다. 내가 어둠 속에 빠져 있는 어둠이 곧 틈이다. 그리고 그 틈에서 상

처 입고 울고 있는 자아가 곧 시인이다.

이 틈은 왜 생길까. 그것은 세상의 주체가 건널 수 없는 경계가 있기 때문이다. 그 틈은 빛과 어둠, 편리와 불편, 과거와 현재, 지나감과 머무름, 재와 빛, 피다와 지다, 오름과 떨어짐, 코끼리와 여자, 나와 그림자, 더위와 추위, 전생과 이승 등 건널 수 없는 대립적 세계나 현상이다. "갑과 을처럼,/정규직과 비정규직처럼,/보수와 진보처럼,/짓밟은 자와 짓밟힌 자처럼,/분명하고 확실한/삶과 죽음의 경계"(「경계의 고집」)는 고집이 세기 때문이다. 더욱이 그 틈은 너무 깊고 넓어 그림자 져 있다. 그러므로 주체는 자아의 빛으로 그 틈을 건널 수 없어 욕망만을 내보일 뿐이다.

이와 같이 그림자 진 틈을 극복하고 고양하는 게 꽃이다. 다시 말하면 꽃은 상처로 인해 생긴 틈을 건너는, 혹은 틈에서 자라는 부활의 상징이며 모티프이다.

씨앗 품어 꽃눈이 트는 틈,
그 틈으로
별처럼
물고기 비늘만큼만 눈부신 빛줄기

싹 틔우고,
잎 키우고,
꽃 피게 하는
파종(播種)의 빛.
마구잡이로 쏟아지지 않고
틈 사이를 조심스럽게 살펴서

구석구석 스며드는 빛.

경계가 혼란할수록
그저 묵묵히 뿌리내리며
때가 되면 잎이 나고
꽃이 피는 것을.

틈이 있으므로
열려 있으므로
기다림이 되는 것들을 헤아려보라
　　　　　　　　　—「꽃은 틈을 건너간다」 부분

　위 시를 보면 틈은 싹을 틔우고 잎을 키우며 빛을 스며들게
하는 꽃이다. 틈은 어둠이지만 기다림을 통해서 꽃이 된다.
왜냐하면 틈은 열려 있고, 기다림이 있기 때문이다. 이는 곧
상처에서 꽃이 핀다는 의미이기도 하다. 아프고 슬픔을 가져
다주고 그리움으로 점철된 상처가 있지 않고는, 아픔이 없는
영혼은 꽃을 피울 수 없다.
　따라서 정병호 시인에게 꽃은 건너는 상징, 곧 승화이다. 그
리고 그 꽃은 다름 아닌 시이기도 하다. 서정주가 「국화 옆에
서」에서 한 송이 꽃을 피우기 위해 네 계절을 견디고 아픔을
견뎌야 하듯이 한 편의 시가 되기 위해서는 아픔을 승화할 시
간을 기다려야 한다.

쉽게 쓰인 시를 보고
나는,

절망하고 있다.

아는 사람은
잘 알고 있을 것이다.
　　　　　　　　　　　　　　—「쉽게 쓰인 시」 부분

　정병호 시인은 절대로 쉽게 쓰인 시를 이해하지 못한다. 서정주가 '한 송이 국화꽃을 피우기 위해' 수많은 세월을 견딘 것처럼 그의 시는 틈을 건너고 아픔을 견디고 나서야 피워낸 꽃이다. "다시 꽃 피는 계절은/이 길이 끝난 후에 온다는 사실./삶이/깃털처럼 가벼워지면서"(「아버지의 길」) 오기 때문이다. 여기에 이르러서 시인은 그림자 진 삶을 꽃으로 승화하고 있다. 그의 시는 치유의 언어이다. 모든 감정을 내려놓고, 아픔을 승화할 수 있는 한 송이 꽃은 만공 스님의 '세계화(世界花)'다. 너와 나라는 분별을 무화시키는 불이(不二)의 세계다.

3

　이런 치유와 승화는 시의 구조적인 측면에서도 나타난다. 시인은 시의 결구를 어둠 속에서 피는 꽃처럼 희망적인 문장으로 끝낸다. 이는 발견이며, 눈뜸, 곧 개화이다. 이는 절망과 상처로 피 흘리는 내면에서 피는 한 송이 꽃이라는 희망을 보여주어서 시로서 상처를 치유하는 방식이다. 그 치유는 주체를 마음 편하게 해서 정서적 안정감을 부여한다.

　그늘 밖에서

자기 그림자를 보고 있다

—「배롱나무 풍경」 부분

시선과 길 사이에
마음이 있다.

—「자화상」 부분

사막 위로 낙타가 간다.

—「낙타처럼 걷는다」 부분

나의 욕망을 오래전부터 꿰뚫어 보고 있다.

—「무서운 눈」 부분

시도 때도 없이
벌떡,
꽃이 필 때가 있다

—「불혹(不惑)」 부분

기다림처럼 낯선 얼굴이 꽃을 피우고 있다

—「앵초」 부분

　수많은 시에서 볼 수 있는 이와 같은 결구 방식은 시적 주체에 안정을 준다. 경계에서 상처를 입은 주체가 감당할 수 없는 현실에서 시인은 결구 처리 방식을 통해 어둠의 그림자를 치유하고 있다. 시인은 「시인의 말」에서 "내게 있어 시가 그렇다./가을에 핀 모감주나무 꽃이다."라고 한다. 그는 시가 한 송이 꽃이기를 바라는 것이다.

4

정병호 시인의 시적 출발점은 상처다. 그의 상처는 내면의 어둠에서 온다. "가만히 자기를 들여다보면"(「배롱나무 풍경」) 보이는 풍경들, '숨겨진 그림자'나 '방치된 그리움', 혹은 '슬픔으로 충혈된 구멍'들이 보인다. 주체의 내면에서 보이는 이러한 어둠 속 그림자는 생에 모순을 불러들인다. "진달래는 쓸쓸해서 피"(「진달래를 보다」)고, 첫눈은 "슬프도록 그리"(「손톱」)우며, "삼복더위에도 식은땀을 흘리며"(「점심으로 설렁탕을 먹었다」), "길 없는 길"(「낙타처럼 걷는다」)을 간다. 이러한 모순어법은 내면의 상처로 인한 정상적인 인식의 불가능함에서 온다.

이에 시인은 그 치유하기 힘든 상처의 근원을 찾으려고 애쓴다. 그리고 거기에서 만난 장면들이 자신의 과거, 에피소드다. 그 사실의 사건은 주로 아버지와 어머니, 혹은 아내나 지인들의 삶이다. 이들을 통해서 그의 상처는 객관화되고 사회적 상상력으로 고양된다. 그와 함께 꽃이라는 모티프를 찾아내 그 상처를 치유한다. 그리고 그 상처의 치유 과정이 시를 낳는다. 병적일 정도로 상처에 몰입되어 있던 주체는 객관화되고, 그 객관화는 어둠의 '틈'을 건널 수 있는 불을 밝히는 꽃을 만나면서 시로 피어나 스스로를 치유한다.

아픔만큼 성숙한다는 말은 아마도 정병호 시인에게 해당된다고 할 수 있을 것이다. 앞으로 시인이 주체를 더 확장하여 치유의 언어를 더 예리하게 드러내기를 바란다.